8 Finale
und ein bisschen drumherum

Worldcup 2018
Liebe Leser,

mag der Fußball nicht jedermanns Geschmack sein, so zieht die
Weltmeisterschaft doch alle vier Jahre Männlein und Weiblein, alt und jung
in ihren Bann. Tausende reisen hin, trotz aller Mühen vor Ort,
Abermillionen hocken daheim gebannt vor ihren Fernsehern und
bekunden bereits nach den Anfangsminuten selbstsicher Sieg oder
Niederlage, richtige Taktik und falsche Schiedsrichterentscheidung.
Deutschland sieht sich bei aller Zerrissenheit im täglichen Leben einig: im
Erfolg über Jogis Wertschätzung, umgekehrt beim vorzeitigen Ausscheiden
über seine und der Spieler mangelnde Qualitäten – so viel Bundestrainer
kann der DFB niemals einfordern, wie sich zehn oder zwanzig oder gar
dreißig Millionen selber einordnen. Wie mitreißend! Aber auch wie
erschreckend!

Wir sehnen uns nach Worldcup-Tagen,
nach Abwechslung mag niemand fragen.
Ein jeder tippt nach bestem Wissen,
dass Deutsche wieder siegen müssen.

Seit Neunzehndreißig Uruguay
ist banges Zittern stets dabei.
Schon viermal fand der DFB
den Worldcup-Titel-Sieger-Dreh.

Auch wenn Zweiachtzehn einmal mehr
für Jogis Team wird richtig schwer,
so halten wir vier lange Wochen
die Siegeszuversicht am Kochen.

Und steht der fünfte Titel fest
gefolgt dem Spruch: BEST NEVER REST!
bangt flugs die ganze Fußball-Schar
gen Richtung Worldcup in Katar!

Das vorliegende Booklet zeigt, mit viel Liebe und Sachverstand von ‚Gerd Forahn' in Versform umgesetzt, die Entwicklung der Weltmeisterschaften vom ersten Start 1930 in Uruguay (damals noch ohne Deutschland) bis zu den vor uns liegenden Tagen in Russland.

Man erinnert sich gerne...

Viel Spaß beim Lesen und bei der WM

Rainer Holzschuh
Herausgeber Kicker

Bibliografische Information der Deutschen Nationalbibliothek:

Die Deutsche Nationalbibliothek verzeichnet diese Publikation

in der Deutschen Nationalbibliografie, detaillierte bibliografische

Daten sind im Internet über http://dnb.dnb.de abrufbar

Herstellung und Verlag:

BoD – Books on Demand, Norderstedt

ISBN 9783752859997

Inhaltsverzeichnis:

Vorwort

Schon vom All sieht man's genauer -

großer Ball und kleine Mauer.

So schien es immer sonnenklar,

dass dieses Spiel besonders war.

Das Ringelreih' mit Fuß und Hand -

zuerst vollführt im Engelland.

Stürmer heißt auf Englisch: forward -

passt ja trefflich - für ein Vorwort!

(Spricht man's Deutsch aus, liest's sich Forward -

und den Kreis schließt hier der Torwart.)

Vorspiele

Herr Woolfall hieß der Fifaboss,

der 1908 beschloss,

dass jener Sport dazu gehört! -

Und niemanden hat's schwer empört.

Verbreitet sich gar rasend schnell:

„Olympia - jetzt offiziell!"

Das runde Leder folglich rollt

beim Kampf um Bronze und auch Gold.

Briten dürfen's zweimal feiern,

dann wird's hier auf Erden bleiern...

...mit Belgien geht's wieder los;

und wer stoppt diese Urus bloß?

In Himmelblau wird meist gelacht -

sie sind die erste Fußballmacht!

Jeder Spaß hat seine Dauer -

Fußballprofis werden sauer!

Sie bleiben nämlich außen vor,

wenn Amateure zieh'n zum Tor.

Wer kümmert sich um den Betreff?

Monsieur Rimet, der höchste Chef.

Er handelt wie er handeln muss

und fasst 'nen weisen Endbeschluss:

„Wir spielen eine Meisterschaft,

wo alle Welt mit vollster Kraft -

mal hier, mal dort, landauf, landab -

erringen möcht' den größten Cup!"

-

So geschieht es 19 30 -

glaubt mir Leute, denn das weiß ich -

dass 13 Teams beisammen sind,

zu taufen unser liebstes Kind:

Der Weltpokal im Fußballsport!

Nun lest genau, ich fahre fort:

Eröffnungsspiel im tiefen Schnee;

Franzosensieg in Übersee!

Beim ersten Tanz in Uruguay

ist Alemania nicht dabei.

Sie richten's aus und siegen auch -

so Mancher macht sich das zum Brauch.

Beispielsweise vier Jahr' später

wird Italien erstmals Täter.

Auch die Squadra siegt zu Hause

bis zum Titel ohne Pause.

(Deutsche Elf nutzt erste Chance;

schlagen Austria um Bronze.

Im allerersten(!) deutschen Spiel

tatsächlich gleich ein Hattrick fiel.)

In Frankreich stieg das letzte Ding

bevor die Welt das Feuer fing.

Und eh' man's an den Nagel hing,

der Pott erneut zum Stiefel ging.

(Die Schweiz hat zweimal reichlich Kraft;

besiegt die deutsche Mischmannschaft.)

Der Erdenball scheint jetzt verflucht,

erfolglos man nach Spiele(r)n sucht.

Alle Welt will nicht mehr spielen,

lieber auf den Gegner zielen…

19 50 geht es weiter

und das Heimteam wird „nur" Zweiter.

Der DFB, der darf noch nicht,

d'rum heißt es hier: „Brasilverzicht!"

Das Turnier hat kein Finale -

schönerdings zum letzten Male.

Man leckte Blut am Zuckerhut -

am Ende blieb nur blanke Wut.

Ja, sie konnten's dreh'n und wenden,

zweites Ding in Urus Händen!

Zwei Nationen singen Lieder -

eine singt bis heut' nicht wieder…!

1954

Wer diesmal auserkoren war,

war eigentlich schon vorher klar.

Niemand wird „die" stoppen können;

man würd's „denen" sogar gönnen...

Extremst neutral und uns nicht fern;

man trifft sich in der noblen Schweiz.

Die Eidgenossen zeigen's gern';

beim Torerfolg herrscht auch kein Geiz.

Zum ersten Mal in Schwarz und Weiß -

wer's sehen will, zahlt stolzen Preis.

Ja, auch die Deutschen spielen mit -

ein Niemand träumt vom großen Hit.

4:1 gegen Osmanen,

dann beginnt man umzuplanen.

3:8 im Vorgeplänkel;

„Dreamteam" stellt „uns" in den Senkel.

Der Herberger hat nur taktiert -

von heimisch' Press' dann schwer traktiert.

Was die damals schon so schwätzen…:

„Diesen Trainer schnell ersetzen!"

Er hängt's in der Kabine auf;

im Stolz verletzt, beginnt ein Lauf.

Man schafft sich einen eig'nen Kiez

und heute nennt man's „Geist von Spyz".

Das seltsame Turniersystem

wird unser'n Jungs nicht zum Problem.

Zum zweiten Akt mit der Türkei

macht Morlocks Maxe gleich mal Drei.

Am Ende steht dort 7 2 -

und nicht nur hier heißt's jetzt: „Good bye!"

Im Schweizer Sturm spielt Ballaman -

gleich zweimal war Italien dran!

Seht mal her, was is' denn nu' los?

Ein „Zu-Null-Sieg" gegen Jugos!

Wir bedanken uns bei Horvath,

der verwechselt glatt den Torwart.

Deutschland in der Vorschlussrunde;

hier schlägt Ottmars große Stunde.

Als Favorit galt Österreich,

doch scheinen die vom Vorspiel weich…!?

Damit steh'n „wir" im Finale,

unverhofft, zum ersten Male.

Den Gegner nie verlieren seh'n;

es wird nur um's Ergebnis geh'n!

Ratz Fatz - 0 2 - oh weh oh weh!

Wird's wieder wie beim Eishockey?

Diesmal geh'n „wir" nicht zugrunde -

2:2 nach halber Stunde.

Danach wankt's heftig hin und her;

der Boden tief, die Treter schwer.

Schäfers Hans erkämpft das Leder;

was dann folgt, weiß fast ein jeder.

Ein Helmut jagt die Pille rein -

wie könnte es bloß schöner sein?!

Der Puszkas stürmt noch einmal vor,

doch war's und bleibt's ein Abseitstor.

Ein neutraler Mann aus England

pfeift nun ab zum 3 2 Endstand.

„Unser" Käpt'n liebt den Regen;

dankbar stemmt er's ihm entgegen!

So endete im schönen Bern

der Siegeszug zum ersten Stern.

Mit der Bahn fahr'n sie nach Hause -

Menschenskinder, was 'ne Sause!

Als kämen sie vom Feld zurück

und brächten uns ein Stück vom Glück.

(Man belohnt die Siegertruppe

mit 'nem Körbchen Tütensuppe.

Obendrein 'nen Motorroller

plus TV für Lagerkoller.

Der Eckel Horst, der lebt noch heut' -

wir freu'n uns mit, wenn er sich freut!)

1966

Im Mutterland des Lieblingssports,

da ging es wirklich spannend zu.

Ein Endspiel wie nie andernorts -

bis heute lässt's uns keine Ruh'...!

Doch fangen wir mal vorne an;

Korea nimmt Italien ran.

Mit großem Kampf und keiner Show

zum Wahnsinnssieg in Middlesbrough.

Anfang einer Zeitenwende?

Für Brasilien setzt's ein Ende!

Seit der Schweiz nicht mehr verloren;

Ungarn scheint doch auserkoren...!

Auch Portugal beschmeißt's mit Sand -

Eusebio, der Torgarant!

Die Kims und Bums, die schossen Drei -

am Ende stand er viel zu frei!

Unberechenbare Taille;

treibt sein Land gar zur Medaille!

Mein liebes liebes Publikum -

beenden wir das Drumherum!

Von Anfang an, da spürt man's schon -

er wird nicht leicht, der Weg zum Thron.

Schon wieder ein Eröffnungsspiel,

bei dem kein einz'ges Törchen fiel.

Der Keeper Englands ist 'ne Bank;

im Sturm herrscht anfangs Luft im Tank!

Dann zieh'n sie auf, doch nicht davon,

und wechseln nie das Stadion.

Im Halbfinale immerhin

ist endlich mal ein Elfer drin.

Das Gegentor wurd' wohl verzieh'n -

von Trainern, Fans - und selbst der Queen.

Briten sagen: „Selbstverständlich!" -

Im Finale - steh'n sie endlich!

Deutschland mit 'ner tollen Truppe

setzt sich durch in Hammergruppe!

Der Franz ist beim Debut auf Zack

und schnürt der Schweiz 'nen Doppelpack.

Die Argentinier und auch „wir",

die bleiben noch ein Weilchen hier,

denn Spanien muss nach Hause geh'n! -

„Uns Uwe" konnt' das Spielchen dreh'n.

Na endlich Mal mit Uruguay;

in Sheffield macht der Haller Zwei.

Ausnahmsweise hier genauer:

Haller, Seeler, Beckenbauer.

Bester Russe kann mit Schwingen

uns're Elf nicht niederringen.

Ja, der Jaschin war Legende -

diesmal flutscht's ihm durch die Hände.

Das zweite Endspiel ist geklärt.

Ob „uns" dort Gutes widerfährt?

Spannungsaufbau bis zur Rührung -

Helmut sorgt für frühe Führung.

Zu schlimmer erst - auf Englisch: first -

fällt Ausgleich rasch durch Geoffrey Hurst.

Der beste Bobby und der Franz

verpassen das Finale ganz.

Beide Nichts zu melden hatten;

einer war des ander'n Schatten.

Mister Peters stellt die Weichen

und es müsste ihnen reichen.

2:1 - schon abgefunden;

dreh'n gedanklich Ehrenrunden.

Ehe Sie die Hymne singen,

kann's der Weber noch erzwingen.

Verlängerung führt nun zum Ziel,

zum zweiten Mal, im größten Spiel!

Wir kommen zum Turniermoment,

den jeder Fan am besten kennt.

Kurioses war geschehen

und nur Einer konnt' es sehen.

Kann man zählen die Gesichter,

die da schau'n zum Linienrichter?

Mit dem Adleraug' im Bunde

teilt er mit die „frohe" Kunde.

Das 3:2 für's Engelland

ist „uns" zu viel - und allerhand!

Weil man's einfach nicht kapierte,

gibt's vor'm Ende noch das Vierte.

Das war's dann für die Jungs vom Schön;

sie nehmen's hin - und nicht obszön.

Wie Gentlemen vom Platze geh'n -

mit Abschiedsgruß: „Auf Wiederseh'n…!"

1974

Zwei Jährchen nach Olympia

steigt's Fußballfest g'rad ebenda.

Die BRD ist voll zurück,

es fehlt allein das Wetterglück.

R A F macht Sommerpause;

niemand stört die große Sause…!

Mit Samba und Cevapcici

zum Torlosstart in Germany.

Der alte Cup gehört Brasil,

der neue glänzt und scheint stabil.

Joao folgt Sir Stanley nach -

…wer weiß, wer hier, wem was versprach…?!

Mercedes hält zu jener Zeit

für jedes Land 'nen Bus bereit.

Der Nachbar beim Eröffnungsball

singt „Freunde gibt es überall"!

Ein Sängerknabe aus Berlin,

der durfte einst die Lose zieh'n;

und er zog das größte aller:

Kleiner Bruder!? - Was für'n Knaller!

Beide spiel'n nur dieses Eine -

selbstverständlich siegt der Kleine!

Für Hollywood der beste Stoff;

Malente spürt den Riesenzoff.

Nach zwei lahmen Auftaktsiegen

musste man die Watsche kriegen.

Was hier noch nicht ein jeder weiß,

man schwört sich ein auf Franz' Geheiß!

Für 'nen Ballgott ungewöhnlich,

Günter nimmt es nicht persönlich.

Auch wenn es klingt nach altem Hut:

Die Niederlage tat wohl gut.

Rein in zweite Gruppenphase -

Durchmarsch ohne blutig' Nase.

Nach Doppelsieg in Düsseldorf

wird Frankfurts Rasen übler Torf.

Auf klatschnassen Ledersohlen

misst man sich mit Superpolen.

„Wir" halten durch auf schlimmst' Geläuf -

im Endspiel wartet dieser Cruyff…!

Gold'ne Elf und Supertrainer;

Holland wirkt viel souveräner.

Ihr erster Torwart trägt die Acht;

wer immer ihm das beigebracht…?!

Ja, sie spielten zum Verwöhnen;

im Finale wollt' man's krönen.

Sie schalteten Brasilien aus,

jetzt musste bloß das Teil nach Haus'.

Sonnenstrahlen über München! -

Niederlande möcht' uns lynchen.

Schon der Titel lässt erkennen,

wer hier siegt im letzten Rennen.

Es stehen da zur Platzwahl an:

Kaiser Franz und König Johan.

Das Spielgerät wurd' nicht berührt,

zum schnellsten Strafstoß dieses führt!

Ein Elfer hier, ein Elfer da -

und eh' man die Kabine sah -

da macht' es „Bumm!", ja und das war's,

und alle woll'n zum Gerd ins Gras!

Dem Superstar aus Amsterdam

schwillt mehr und mehr der spröde Kamm.

Ob Haan, ob Neeskens, Krol und Rep -

schlussendlich hat's der gute Sepp!

Beenden soll's ein Inselsohn,

so war es '54 schon!

Oranjeelf im tiefen Tal;

das Uhrwerk leidet bitt're Qual.

Für „uns" erstrahlt's zum zweiten Mal,

doch selbst beim Feiern folgt Skandal!

Kann kaum meinen Augen trauen:

Unerwünscht sind Spielerfrauen!

Nach dieser dummen Missetat

ist nicht nur Schluss für Overath.

Freunde kann man folglich trennen! -

Nicht zu fassen - man möcht' flennen!

(Schon vor'm Beginn gab's zähen Streit;

und keineswegs um Arbeitszeit.

Warum denn nur in aller Welt

geht's meistens um das liebe Geld?

Neidisch wären Rahn und Schäfer:

60.000 und 'nen Käfer!)

1982

Mit 24 Mannschaften

durch Spaniens schöne Landschaften.

Von Barcelona bis Madrid -

Los kommt, ich nehm' euch alle mit!

Ach wisst ihr was, ich sag's euch gleich:

„Es macht kein' Spaß mit Österreich!"

Nicht nur dort, auch hierzulande

spricht man nachher von der Schande.

Ein mieses Spielchen in Gijon -

beschämend war's für Wien und Bonn.

So ging es für Algerien

in unerwünschte Ferien.

In Zukunft wird's so angesetzt,

dass niemand mehr den Geist verletzt!

Auch ein Vize braucht mal Pause;

Holland bleibt direkt zuhause.

Für Ungarn macht El Salvador

ganz hoch und weit und auf das Tor.

Trotz sagenhaftem Torrekord

geh'n Puszkas' Erben früh von Bord.

Du armes armes Kamerun,

Azzura musst's auch dir antun…!

Nordirland stellte manches Bein

und setzt dabei den Jüngsten ein.

Für Kuwait rennt der Scheich auf's Feld! -

Man einigt sich ganz ohne Geld.

Franzosen ist der Spaß egal -

der Schiri pfiff zum letzten Mal.

Kleine süße Nebensache:

Obst sorgt hier für Stimmungsmache…!

Der Diego ist noch bisschen klein,

man stellte sich auf Zico ein.

Doch sieht auch er das Endspiel nicht,

weil Italy gleich beide bricht.

Was für eine Zwischenrunde! -

Rossi hieß der Mann der Stunde.

England könnte „uns" verjagen,

wenn Sie hier die Hausherr'n schlagen.

Vielen Dank ihr Matadoren,

habt das Spielchen nicht verloren!

Der nächste Stoff zur Fußballsucht;

das Halbfinale wird 'ne Wucht!

Unser Pierre und deren Michel

treffen unter Mondensichel.

Dann macht Toni in Sevilla

ziemlich heftig auf Guerilla.

Er donnerte den Gegner um;

für kurze Zeit war Alles stumm.

Angestachelt, megasauer -

Blau Weiß Rot mit zweiter Power!

Sie schenken „uns" zwei Bälle ein;

das dürfte es gewesen sein?!

Es läuft bereits die „Extra-time",

doch wollen „wir" noch nicht nach Heim.

Der Kalle wird rasch eingebaut;

und Frankreich schön die Tour versaut.

Durch's Anschlusstor wird Hoffnung zart,

dann Fischers Klaus auf seine Art.

Im Rückwärtsfallen eingenetzt -

das halbe Rund ist voll entsetzt!

Die and're Hälfte ist entzückt -

die Aufholjagd ist echt geglückt!

Nicht mal jetzt kann man's genießen… -

„Lasst doch keine Ulis schießen…!"

Keiner schoss konkret daneben;

„unser" Keeper fängt's halt eben!

Der Harald, dieser wilde Stier,

führt „uns" ins Endspiel Nummer Vier.

Das Halbfinale lang und breit,

d'rum fehlt mir hier die Lust und Zeit.

„Wir" war'n so müd' nach jener Nacht;

ein jeder hätt' „uns" platt gemacht.

Macht's nicht besser, auch nicht schlimmer:

Paule trifft im Endspiel immer!

An dieser Stell' war's lang' gescheh'n;

„wir" können's halt nicht immer dreh'n.

Ich weiß, dass ihr's nicht hören wollt:

„Italien stürmt zum dritten Gold!"

Lange 44 Jahre

warten auf das einzig Wahre.

Aus Brasilien kam der Richter -

die drei Größten war'n nie dichter…!

Halbzeitpause: Pelé, Pelé, Pelé + Oranje-Double

Lasst uns kurz van Ander'n reden;

nach dem Wunder ging's nach Schweden.

Jedes Land entsendet Kerle,

doch nur eines schickt 'ne Perle.

Der Junge, der das Feld betritt,

bringt jede Menge Anmut mit.

Hat Pelé bei sich die Pille,

ist das Weit're nur sein Wille.

Selbst die Gegner wollten's sehen -

folglich ließ er's oft geschehen!

Die Krone jedoch schafft er nicht,

weil Just Fontaine Rekorde bricht.

Auch „wir" sind Maus - und er die Katz' -

beim Spielchen um den dritten Platz.

(Beim ersten Treff mit Gauchoelf

macht's Helmut Rahn noch höchst himself.)

Ganz nah dran war'n diese Schweden,

da sie siegten gegen jeden.

Doch der Eine war nicht jeder,

sondern Herrscher über's Leder!

Brasilien holt jetzt endlich Gold;

und seid gewiss - der Wagen rollt...

...Erde bebte krass in Chile,

trotzdem spielt man Fußballspiele.

Die WM gilt als „vergessen",

jenes halt' ich für vermessen...!

Der letzte Berner Held tritt ab,

sein Langzeitcoach zückt auch die Kapp'!

Erstes Mal ist recht humorlos;

mit Italia bleibt es torlos.

Jugoslawien kommt zur Sache;

nimmt jetzt endlich an „uns" Rache.

Italien Chile - was 'ne Schlacht -

an Fußball wurd' hier nicht gedacht...!

Gleich am Anfang werden Tschechen

besten Brasilianer brechen.

Titelträger nicht beleidigt;

wird der Cup halt so verteidigt.

Im Gruppenspiel nie mehr als Zwei;

im Knockoutmatch nicht unter Drei.

Auch die Hausherr'n sollten testen,

wie „die" spielen - ohne Besten.

Ein anderer kann's beinah' gleich -

Garrincha spielt sie windelweich.

Sie hau'n ihn um - und er sieht Rot;

Finalteilnahme schwer bedroht!

Dort gibt's Silber für die Tschechen,

denn der Kleine - durft' „ihn" rächen!

Welch ein tolles Panorama

nach dem tristen Wembleydrama!

„Wir" spielten's groß in Mexiko,

doch and're taten's ebenso.

Halbfinale auserlesen,

jeder war's schon Mal gewesen…!

Prophylaxe für Beschwerden:

Zweimal darf gewechselt werden!

Beste Kicker mehr als munter;

im TV wird's deutlich bunter.

Falls ein Spiel droht auszuarten,

gibt es nun Verwarnungskarten.

Honduras schoss zu schlecht auf's Tor;

erklärte Krieg El Salvador.

Welche Qualen in der Quali -

ich mach weiter, aber dalli!

Mit Israel für Asien…?!

Das klingt ja nach Fantasien!?

Auch Marokko gibt Premiere;

spielt mehr mit - als nur um Ehre.

Begründen deutsche Tradition:

Nordafrika sorgt stets für Hohn!

Nach schmeichelhaftem Holperstart

kommt uns're Truppe voll in Fahrt!

Müllers Gerd wird zehnmal stechen

und „uns" für das „Nichttor" rächen.

Megaspielchen gegen Briten!

Was soll das noch überbieten…?

Tja ihr Leut', nur dreimal pennen,

denn erst dann folgt derbstes Rennen!

Italia - welch' schönes Ziel -

besiegt „uns" im Jahrhundertspiel.

Herr Rivera konserviert es;

setzt tatsächlich noch ein Viertes.

Man spricht noch nicht vom bösen Fluch,

am Ende wurmt's im ganzen Buch…!

Pelé ist all' dies piepegal,

er schnappt es sich zum dritten Mal!

Völlig wurscht mit welchem Trainer

stutzt er auch die Italiener.

Danach tritt ab der beste Mann

und jahrelang sind and're dran!

Grund für Tote bei Paraden?

Ahnt man Pause für Dekaden…!?

Von '74 wisst ihr's ja;

jetzt stellt Euch vor, was dann geschah:

In Streifen Weiß und Himmelblau

stellt Argentinien sich zur Schau.

Nach Wahlgewinn kam Diktatur -

dann fehlte jetzt die Krönung nur…!

Der Johan fliegt erst gar nicht hin;

man hielt im einst 'nen Colt ans Kinn.

Der Franz spielt jetzt in USA;

nach Hin und her bleibt er gleich da.

Er fehlt „uns" sehr, denn weit geht's nicht;

die Holländer seh'n trotzdem Licht...!

Tunesien schreit laut „Hurra" -

der erste Sieg für Afrika!

Es geht ja doch, na bitte sehr;

Tunesier selbst dann nimmermehr....

Tja, Mexiko stand neben sich;

„wir" schlugen sie gar fürchterlich.

Es müllert hier auch ohne Gerd;

am Ende hat es wenig Wert.

Der Trainer stellt Rekorde auf -

beim letzten Match gibt's Eine drauf!

Es wird die „Schmach von Cordoba";

und „Wunder" heißt's in Austria.

Herr Happel stammt von eben dort,

doch zog es ihn schon lange fort.

Er wurd' zum Bondscoach auserwählt;

der Rest ist nunmehr schnell erzählt.

Zwei Legenden auf den Bänken

qualmend ihre Schüler lenken.

Schicker Cesar zieht am Stengel;

bändigt bestens seine Bengel.

Ernst macht seinem Namen Ehre -

niemand dringt in seine Sphäre.

Auch ohne Cruyff ganz wieselflink;

speziell gut drauf ist Rensenbrink.

Er schoss ein Jubiläumstor!

Was nun passiert, kommt selten vor:

Nur den Pfosten trifft der Gute

in der letzten Spielminute.

Ein Mario nutzt Holland's Pech -

das Silber fühlt sich an wie Blech…!

Zweimal Zweiter hinter'nander?!

Das schafft auch nur Niederlander.

Leicht verhöhnt mutiert's zum Schmollland:

„Wer nicht hüpft, der kommt aus Holland!"

Die Gauchofans, die sangen dies -

man hörte es bis ins Verließ...

1986

Und wieder „Copa Mundial" -

man spricht's ja beinah' überall.

Das erste Land, das zweimal darf,

liebt Fußball pur; und Essen scharf.

Kolumbien war ausgemacht,

doch kostet's mehr als angedacht…!

Dann Ex und Hopp nach Mexiko

und nochmal gibt's 'ne große Show!

Wieder Chaos, wieder Beben! -

Fußball hilft beim Überleben…

Gentleman holt Torkanone;

Spaniens „Geier" auch nicht ohne!

Batista sieht das schnellste Rot;

Coach Ferguson wär' lieber tot.

In diesem Fall ein schlechter Witz,

sein Vorgänger starb auf dem Sitz!

Die Runde mit den letzten Acht

wird wieder im K.O. gemacht.

Deutschland wird sie stets erreichen;

Bora stellt sich seine Weichen…

Wie sieht's im deutschen Lager aus?

Viel Arbeit war's, kein Augenschmaus.

Der Derwall wurde abgesetzt,

der Kaiser stellt es auf ab jetzt.

Er fliegt mit halbem Lazarett;

schickt Stoßgebet nach Nazareth.

Das Torverhältnis negativ,

auch drumherum geht vieles schief.

Mit Schottland und mit Uruguay

wird's megaknapp, oh wei oh wei…!

Dann gibt's Dynamit zu spüren

und es wird zum „Steinwurf" führen.

Des Kaisers große Wankelmut,

sie tat nunmal nicht jedem gut….

Marokko spielte sagenhaft

eh' Lothar sie dahingerafft.

Das erste Rot im deutschen Dress

sieht Berthold für Gewaltexzess.

Die Mexikaner nutzen's nicht,

da Toni wieder Herzen bricht.

Ja, ich spüre schon das Messer -

Frankreich ist 'ne Klasse besser!

Deutschland wird die Zeche blechen -

Michel will sie sicher rächen…!

Doch in Guadalajara

wird's am Ende etwas klarer.

„Wir" spielen unser bestes Spiel;

und taktisch war's im großen Stil.

Finale Nummer Fünf steht an! -

Ob's diesmal wirklich gut geh'n kann?

Er macht das Feld zu seinem Steg -

bestaunen wir jetzt Diegos Weg:

Mal netzt er ein, mal legt er auf;

ist durchwegs einfach spitze drauf.

Nach 'ner sanften Gruppenrunde

kommt's zur ersten Rachestunde.

Seit dem Endspiel 19 30

waren beide durchaus fleißig.

Sie trafen sich seitdem nicht mehr;

„er" siegt recht still, nicht legendär.

Dieses folgt nun gleich im Anschluss -

und zwar doppelt - mit 'nem Handkuss.

Durch die feindlich' englisch' Linien

trieb er kühn sein Argentinien.

Es hatte Alles Hand und Fuß -

vom Zauberwicht der derbste Gruß!

Diego durfte weiter wandern -

nächster Rundgang führt durch Flandern.

Trainer pfiff auf Analyse,

d'rum lief selbst dem Pfaff die Drüse.

Wer engelsgleich auf Wiesen schleicht,

der hat's dann auch verdient erreicht...!

Ja von wegen Niederlande -

auch „wir" bringen es zu Stande.

So verzeiht bereits das Motzen:

Zweimal Vize ist zum Kotzen!

Nächstes Endspiel, nächste Schlappe;

Franz nimmt's auf die Neulingskappe.

Müssen wieder hinten liegen,

ehe „wir" die Kurve kriegen.

Längst gewohnt das bange Beten:

„Lasst den Andi Ecken treten!"

Erneut zwei Tore aufgeholt -

vom Halbgott letztlich doch versohlt.

Kurz vor Schluss im schönsten Tempel

setzt der Diego letzten Stempel.

Ein Pass von feinster Präzision;

und irgendeiner macht's dann schon.

Im Zorne seines Angesichts:

Finale ist für Harald Nichts!

Maradona ringt „uns" nieder;

Sambajünger - pfiff schon wieder...!?

1990

Endlich wieder ein Kapitel,

wo am Ende steht der Titel…!

Zunächst 'mal klingt es wie gequält:

Italia wurd' auserwählt.

Auf die Reise über'n Brenner

gehen jedoch Landeskenner.

Dank der vielen Legionäre

ist's als wenn's ein Heimspiel wäre.

Mailand liegt in deutschen Händen!

Wird's mal wieder gülden enden?

So reicht mir schnell ein Megafon:

„Ein letztes Mal Sowjetunion!"

Mexikaner fälschten Pässe;

fehlen diesmal bei der Messe.

Die Gianna singt total famos,

das Album voll - und jetzt geht's los:

Es beginnt mit einem Hammer;

Roger sorgt für Gauchojammer!

Herr Milla wird zum Superstar;

setzt Meilenstein für Afrika.

Im Fußballmekka jener Zeit

fehlt Risiko gar weit und breit.

Ein knappes Törchen pro Partie -

so niedrig war der Schnitt noch nie.

Costa Rica wird kassieren;

irre weit marschier'n die Iren;

die Schotten halten's beinah' dicht,

doch schaffen Sie's schon wieder nicht...!

Jugo-Ende wird zum Thriller -

Pampaelf hat Elferkiller!

Nimmt Diegolein die Arbeit ab;

er bringt sie durch, recht kurz und knapp.

Nach Mauerfall für Schwarz Rot Gold

blieb ebenfalls das Losglück hold.

Lothar schwingt sich auf zum Hero;

wirbelt eifrig durch's San Siro.

Zum Auftakt gegen Balkanstars,

da gibt er gleich mal mächtig Gas.

Er lässt sie fast wie Diego steh'n -

sie sollten sich bald wieder seh'n...!

Emirate, keine Hürde,

wird besiegt und stirbt in Würde.

Und trotz Remis mit Torwartfreak

reicht's allemal zum Gruppensieg.

Es kommt zum Akt mit Lieblingsfeind -

man hätt' sie besser angeleint...!

Ohne Zögern nenn' ich's Drama;

seh' noch heute dieses Lama,

das Rudis Locken schwer benässt -

und nicht allein den Platz verlässt.

Inter gegen AC Mailand -

„Wir" gewinnen! - Danke Heiland!

An die Tschechen und Slowaken

setzt der Käpt'n letzten Haken.

So glaubt es wohl, ist nicht geunkt:

Herr Helmut Kohl zeigt auf den Punkt.

Trotz des Sieges per Elfmeter

startet Fränzchens Mordsgezeter!

Wir schau'n jetzt nicht genauer rein,

er wollt' doch bloß mal sauer sein…

Halbfinale - es ergibt sich,

nur Gekrönte - wie einst ´70!

Für Italia wird es enden

bei dem Mann mit schnellsten Händen.

Wenigstens holt Tricolore

bisschen Gold dank Salvatore.

Auch die Deutschen und die Briten

werden ihren Fans was bieten.

Nach zwei int'ressanten Stunden

hatte man's noch nicht gefunden.

Elf Meter waren angesagt,

die Nerven mehr als angenagt.

Der Bodo jedoch liebt es spät,

blockt letzten End's das Spielgerät.

Selbst das Fränzchen kann jetzt lachen:

„Mei, was mocht's denn ihr für Sachen…!?"

Da beißt mich doch ein Murmeltier;

die Trainer steh'n schon wieder hier!?

Selbe Leiter, gleiche Riegen;

diesmal wird der and're siegen.

Der Guido stellt den Diego kalt,

der Rest steht sowieso im Wald.

Ja, sie machten nur Randale;

zweimal Rot gab's im Finale!

Sie schossen nicht mal Eins pro Spiel,

so ging's verdient vorbei am Ziel.

Fünf Minuten vor dem Ende

nimmt's der Andi in die Hände.

(Vielleicht bin ich sein größter Fan -

war links wie rechts ein Souverän!)

Er legt den Ball ganz sachlich hin -

und kurz darauf, da isser drin.

Man stapelt sich am Strafraumeck,

und niemand schnappt's „uns" jetzt mehr weg!

Von Rom aus ging's zum Römer hin,

der liegt so trefflich mittendrin!

Mit dem Nachbarn g'rad vertragen… -

wer soll „uns" in Zukunft schlagen…?!

(Lasst uns nicht mehr drüber reden,

reichlich Knete gab's für jeden.)

2002

Das Jahrtausend ging zu Ende;

ganzes Land sehnt nach der Wende!

„Wir" spielten schlecht wie nie zuvor,

doch phoenixgleich stieg's jetzt empor.

Kandidaten wuchsen Flügel,

Rudi griff sich rasch die Zügel.

Turniermannschaft mit Renaissance;

Herr Völler sorgt für Contenance…

Ja natürlich auch im Osten

lässt man sich's 'ne Stange kosten.

Jeder wollt's für sich erreichen;

FIFA setzte starkes Zeichen!

Dürfen's einfach beide machen;

endet nicht in halben Sachen.

20 Städte wollen glänzen -

Architekten ohne Grenzen!

Der deutsche Schlager kehrt zurück;

schreibt Holland gar ein Liebesstück.

Ab und zu schaut man ins Leere,

pay-TV gibt hier Premiere.

Erstmals mit dabei gewesen

sind Slowenen und Chinesen.

Auch Ekuador und Senegal;

der bringt sogar den Champ zu Fall!

Das Frankenreich schießt gar kein Tor,

das kam bei keinem Meister vor!

Ganz blamabel ging's nach Hause;

brauchtet anschein'd dringend Pause?

In der nächsten üblen Gruppe

knackt der David Gauchotruppe.

Lange nicht so früh gegangen;

müsst auch ihr euch erstmal fangen?

Die Engländer war'n wirklich gut,

dann kam die Band vom Zuckerhut.

Ronaldinhos Anekdote:

Erst das Siegtor, dann die Rote!

Türkei, Korea, Senegal

gewinnen hier dank gold'nem Ball.

Herr Ahn schmeißt frech Italien raus

und sucht danach ein neues Haus…!

Auch Spanien spielte bärenstark;

der 12. Mann traf Sie ins Mark.

Irland fischt schon lang' im Trüben:

„Jungs, ihr müsst Elfmeter üben!"

Das Leverkusen-Allerlei,

das schleppt Medaillensatz herbei.

Doch nicht allein dank Yildiray

stürmt die Türkei hier zu Platz Drei.

Keiner traf so schnell wie Hakan;

stoppt Korea und auch Japan!

Die Saudis war'n total nervös;

der Miro traf fast minutiös!

Mit Irland und mit Kamerun,

da hatte man genug zu tun.

Ein Platzverweis wirkt nicht fatal;

„wir" kommen durch in Unterzahl.

Ganz Paraguay hat nicht bedacht,

dass Olli auch ganz vorn mitmacht….

-

(Er führte „uns" mit Topmoral

zu „uns'rem" ersten Weltpokal!

Nun zog es ihn zum Himmelstor.

Für'n Fritz geht's raus im Trauerflor.)

-

Die Amis kicken munter mit

bis Ballack auf die Bremse tritt.

Micha stoppte auch Korea,

dann sich selbst - das tat viel weher…!

„Hätte…", „wäre…", „wenn…" und „aber…"

bleibt am Ende nur Gelaber!

Die Sensation bei der Partie:

Sie trafen sich bisher noch nie!

Der Favorit steht leider fest;

gibt Kahn & Co den letzten Rest.

Als hätte er's g'rad dort gelernt;

das Leder hört auf Schneiders Bernd.

Am Anfang hat nur er den Ball

und Olli knallt ihn ans Metall.

Doch die Bande von Scolari

spielt hier erste Stradivari.

Ich bin jetzt still, ich kleiner Wurm -

und Vorhang auf für Supersturm:

Ronaldinho und Rivaldo -

klappt das nicht, dann heißt's Ronaldo.

Hüter Olli heult am Pfosten;

wird ein Star im Fernen Osten.

Im blitzblanken Yokohama

fehlte irgendwie das Kharma.

Respekt Respekt Senhor Cafu,

denn drei Finale spielst nur DU!

Für Glanz sorgt auch der Referee,

ein Superstar aus Italy.

2014

Keine Lust mehr auszuscheiden -

so erlöst uns von dem Leiden...!

Hat auch hier schon stattgefunden,

Mancher leckt noch heut' die Wunden.

Doch nach 64 Jahren

wird man Schlimmeres erfahren...!

Man achtet streng auf das Fairplay

mit Tortechnik und Abstandsspray.

Der Fußballgott hat Übles vor:

Beim Aufgalopp ein Eigentor!

Finalrevanche gab's nie so schnell;

den Spaniern geht's ganz derb ans Fell!

Mondragon, den alten Knacker,

schiebt der Gastgeber vom Acker.

Er setzt sich mit Rekord zur Ruh';

sein Zehner holt den Gold'nen Schuh.

Drei Mal Ex in einer Gruppe?

Costa Rica ist das Schnuppe!

Es haftet Pech am Elfenbein;

die Griechen schenkten ganz spät ein.

Italien droht erneut Gefahr;

Suarez ist nicht ganz und gar.

Frühes Aus mit viel Beschwerden! -

Kann ja nicht mehr schlimmer werden...???

Mit großem Match tritt Ottmar ab;

verdammt nochmal, was war das knapp!

Licht Aus für die Eidgenossen;

Di Maria hat's geschossen.

De Bruynes Jungs, ganz insgeheim,

geh'n Messis Mannen auf den Leim.

Ja, sie waren wohl im Stande;

knacken auch die Niederlande.

Arjen holt nach Silber Bronze -

letztlich nur 'ne Randannonce.

Luxusnest Campo Bahia!

Sahnestart! Ja, Mamma mia!

Cristiano abgefackelt

und wie immer - dann gewackelt.

Dank Miro und dank Mario

schlägt Ghana „uns" nicht ganz k.o..

Der Trainerstar der USA

stand Jogi früher mehr als nah.

Ohne Ethik zu verletzen,

landen Sie auf ersten Plätzen.

Ach Apropos Algerien -

der Wahnwitz reicht für Serien!

Worauf sollen wir bloß hoffen?

Puuuh, die spiel'n ja wie besoffen.

Der absolute Nervenkrieg,

der endet dann im Duselsieg.

Ohne Bankmann und den Neuer

fast vorbei das Abenteuer…!

Mit Pogbas Paul und Freund Karim

stellt Frankreich wieder Spitzenteam.

Der Matse jedoch köpft Sie raus

und Manu fährt die Pranken aus.

Brazuca hieß der neue Ball;

man nutzte ihn zum Überfall.

Danach noch zig ma' angeseh'n;

es dürfte nie vorüber geh'n…!

„Wir" sammeln hier Rekorde ein;

Ronaldo durft' Reporter sein.

Khedira, Müller, Klose, Kroos!

Was war denn mit Brasilien los???

Sie feierten schon überall -

daheim bleibt's schlicht beim Karneval.

Bitte bitte Ruhe Leute,

fehlt noch was zur fetten Beute!

So gebet alle mächtig Acht,

dann wird's bestimmt 'ne Wahnsinnsnacht...!

Den Pott hat man noch lange nicht,

es schleicht erneut ein Zauberwicht!

Zwei Nationen - nun zum dritten -

lassen hier im Endspiel bitten:

Der Toni passt zurück statt vor;

Gonzalo steht allein vor'm Tor;

sieht ein großes Ungeheuer -

nochmals: „Danke, großer Neuer!!!"

Herr Kramer weiß nicht, wo er ist,

und Messi wird zum Starstatist.

Jogi siegt beim Taktikpoker

konsequent per Doppeljoker.

Ein ganzes Land ergötzte sich;

das 1:0 - wie'n Pinselstrich!

Auch Angela - nebst Vladimir -

ist live dabei, bei Titel Vier.

Die „Durststrecke" war lang genug;

nach Hause geht's nun wie im Flug.

Es kommt nunmal so selten vor,

da feiert man vor'm schönsten Tor!

Vergessenes, Nachspiele und Ausblicke…

Wie konnte das denn bloß passier'n?

Trotz Landgewinn kriecht man auf Vier'n…?!

Brasilien macht's „uns" besser nach;

in drei Finals man zweimal stach!

Frankreich wird das Heimrecht nutzen;

Squadra wieder Deutsche putzen.

Dann flugs zum schwarzen Kontinent,

wo Spanien tanzt und Holland flennt…

Der Ehemann von Hillary

eröffnete die Szenerie.

In diesem Staat ist Fußball nicht

das allergrößte Schwergewicht.

Das Leder liebt man hier oval,

ein Fußballgott verfehlt nasal,

Escobar nach Tor erschossen,

Senna kurz zuvor verflossen.

Roger will's noch einmal wissen;

mit Rekord auf's Ruhekissen.

Er setzt den nächsten Meilenstein

und Oleg netzte fünfmal ein!

Statt BRD heißt's Germany;

vereint ist's jetzt - wie spiel'n denn die?

Ein blonder Star will früh nach Haus'

und streckt mal fein den Fühler aus….

Bulgarien ist Endstation?! -

Verdient hät' man's auch vorher schon!

Natürlich macht's ein „kov" per Kopf

und Icke war der ärmste Tropf.

WM-Finale ohne 'Schland?

Seit '78 nicht gekannt.

Die Sambakicker sind zurück;

im Endspiel half ein wenig Glück.

Die Spannung selbst hielt alle wach

bei diesem tristen Rasenschach.

Romario blieb auch ganz blass -

ein 0:0 - was soll denn das?

Nach 120 auch kein Tor

kam vor- und nachher niemals vor!

Roberto schießt ihn weit vorbei,

dann startet prompt die Feierei.

So wurd' nach 24 Jahr'n

der vierte Titel eingefahr'n.

32 sind geladen,

wird dem Spielniveau nicht schaden.

Ronaldo oder Zinedine?

Ein Gallier wird daheim nicht flieh'n!

Auf die Gruppe mit drei Neuen

durft' sich Argentinien freuen.

Jamaika kann's auch ohne Bob,

nur Gabriel war bisschen grob.

Team Japan übt für's Heimspiel schon;

es lief doch eher monoton.

Der Gastgeber von 20 10

war durchaus ganz nett anzuseh'n.

Es war und bleibt so wie es ist,

in Frankreich spiel'n „wir" immer Mist.

Die Jugos sind jetzt aufgeteilt;

ein Splitter „uns" ganz bös' ereilt.

Drei Geschenke für Kroatien -

Aus und Schluss für Bertis Grazien!

Herr Suker setzt die Krone auf;

und Bronze gab's noch obendrauf.

Selbst Norway schlug Brasilien hier -

den schlechten Witz, den spar' ich mir.

Holland wieder - auf die Mütze,

Zwilling ist kein guter Schütze!

Der Gegner zieht ins Endspiel ein;

man schenkt ihm dort nur reinen Wein.

Käpt'n küsst die Torwartglatze,

dieser spuckt in Ledertatze;

und dann geht's los - mit Maus und Mann

ist hier und jetzt Brasilien dran!

Mit 3:0 davon gejagt,

da Zinedine sie überragt.

Er reckt den Pott nun in die Höh' -

ich text' es um: Hurra Les Bleus!

Ein legendäres Interview

blieb letztlich Rudis größter Coup.

Sein Partner einst beim dritten Stern,

der übernimmt das Amt sehr gern'.

Jürgen macht sie alle fitter,

doch in Dortmund endet's bitter…

„Dahoam" ist wieder angesagt -

im Nachhinein wurd's angeklagt...!

Wider die Gepflogenheiten

wird man nicht zum Titel reiten.

Das „Golden Goal" ist ausradiert;

ein „Flatterball" wird ausprobiert.

Wilhelm Tell würd' sicher weinen -

Schweizer Schützen treffen Keinen!

Er krönte sich beim letzten Mal;

reiht Siege auch mit Portugal.

Felipe setzte Zwölf am Stück,

am Ende ging's mit Blech zurück.

Ronaldo kam erneut ums Eck -

schnappt Müllers Gerd Rekord noch weg!

Nach drei Finals - wir kennen das -

war plötzlich nur noch Luft im Fass.

Favoriten soll's nicht geben -

tja, dann macht's Italien eben.

Aussies wurden glatt betrogen,

mies verschaukelt und belogen…!

Herr Lehmann nutzt 'nen Zetteltrick,

der bricht den Gauchos das Genick.

Wer steht „uns" nun zu Angesicht?

Oh muss das sein?! Das darf doch nicht…!?

Sie quälen „uns" - dann Zinedine;

und starten Fete in Berlin.

Azzura hat jetzt auch schon Vier!

Und DFB - wie steht's mit dir…?

-

Unser schönes Sommermärchen

währte nicht so viele Jährchen.

Später prüfte man's genauer -

ach du Schande: „…Beckenbauer"?!

Du großer Held, warum denn nur,

begabt ihr Euch auf Blatters Spur?

Doch and'rerseits, ihr lieben Leut':

So günstig gibt's das nicht mehr heut'…!

(Der Franz hat's sicher längst bereut;

und obendrein uns stets erfreut…!?)

Der Jogi schnappt sich jetzt den Stab;

gräbt immer noch am Ehrengrab!

Der Ball erreichte Afrika;

Shakira sorgt für's Tralala.

Franzosen wieder desolat,

weil Team und Coach hier separat.

Und Portugal verprügelt Kim,

'nen Ander'n trifft's schon vorher schlimm:

Capitano wurd' zertreten -

bleibt was übrig außer Beten?!

Wie „wir" dann die Stars vertreiben

war jedoch zum Augen reiben!

Müller-Rückkehr mit der 13;

schlägt die Gauchos im Vorbeigeh'n.

England, England - nochmal rächt's sich -

besser noch als '66!

Neuer Angstgegner geboren;

gutes Spiel verdient verloren.

Für Bronze reicht's auf jeden Fall;

ein Diego kriegt den Gold'nen Ball.

Afrika nimmt schlimmes Ende;

Luis sorgt für krasse Wende!

Ja, er ist und bleibt Legende -

diesmal nahm er's in die Hände.

Das Team, das jetzt den Thron besteigt,

hat's regelmäßig früh vergeigt.

Ein Endspiel ist noch neu für sie;

der Kontrahent gewinnt es nie…!

Holland knackt Brasilien endlich;

und vermasselt's beinah' schändlich.

Jetzt mit Xavi und Iniesta

heißt es Fiesta und nicht Siesta!

Kein and'res Team lief bis zum Ziel

nach Misserfolg im Auftaktspiel.

Ein greiser Coach als gute Fee -

wie heißt's so schön: Olé Olé!

-

Weil „wir" folglich alle schlagen,

wird man „uns" in Russland jagen.

Doch bevor wir vorwärts schauen,

noch paar Fakten für die Schlauen.

Ich gehe chronologisch vor,

dann bleibt's auch länger drin im Ohr:

Mexikaner sofort handeln -

erstmals halten UND verwandeln!

Jüngste Trainer aller Zeiten

gleich um ersten Titel streiten.

Danach macht Pozzo sein Geschäft -

und niemand hat's ihm nachgeäfft!

Auf total verschied'nen Arten

werden Viere fünfmal starten:

Antonio hält's und Lothar lenkt's,

der Bora kreist und Carlos denkt's!

Das beste Ende schreibt Herr Wald:

„Elfmeter" lässt doch keinen kalt!?

Haiti stoppt im Endspielort

den unerreichten Zoffrekord.

Erste Rote sah Chilene -

Türke zückt's für Bertis Sehne!

Erstes Mal zehn Schützen nennen?

Tonis Krimi - alle kennen!

Die Losfee ist ganz klar 'ne Frau;

liebt Blau und Gelb und Gelb und Blau…!

Ich nehm' „uns" mal schnell selbst auf's Korn:

Die meisten hinten - und auch vorn!

Ein Trainer aus 'nem „and'ren" Land

nimmt wirklich nie den Pott zur Hand.

Marokko wollt's schon tausend Mal -

die Brieföffnung wurd' stets zur Qual...!

Hoffnung scheint noch nicht gestorben;

haben sich erneut beworben.

Schluss mit nettem Besserwissen!

Auf zum nächsten Leckerbissen:

Ins Zarenreich, na bitte sehr,

sind keine 80 Tage mehr.

Die Losfee liebt auch dieses Paar;

neckt Gauchos und Nigeria.

Und Mexiko ist „unser" Schatz:

„Wir seh'n uns dann - am Fußballplatz...!"

Vom Kanal und von Geysiren

wird man erstmals einmarschieren.

Didier will sein der dritte Mann,

der's drinnen wie auch draußen kann.

Diesmal läuft die Großkampagne

ohne Meerblau und Oranje.

Vladi muss am Brennpunkt stehen,

konnt' man schon in Rio sehen.

„Wir kommen jetzt zu dir, mein Freund -

Ich hoffe, du hast aufgeräumt…!?

Na gib' schon her das bisschen Gold,

weil's sonst in falsche Taschen rollt!"

So lasst „uns" zieh'n zur Nummer Neun -

mein Buch wär' alt, ich würd' mich freu'n!

Hin zum nächsten Öligarchen -

mir ist einfach nur zum Schnarchen!

Wir sehen Blatters letztes Werk -

ist Schluss für dich, du gift'ger Zwerg!

In den meisten Fußballländern

heißt es jetzt: „Kalender ändern!"

Will man die Trophäe krallen,

muss man durch gekühlte Hallen.

Das Weihnachtsfest würd' uns versüßt,

wenn Toni aus der Wüste grüßt...

Wo fahr'n wir dann als Nächstes hin?

Ins Engelland - das gäb' doch Sinn?!

Und 20 30 schließt ein Kreis;

so handelt doch auf mein Geheiß:

„Macht es rund, ihr FIFA-Gurus;

gebt's den Gauchos und den Urus!"

Nachwort

Auch von Erden kann man sehen,

wie sich Dinge endlos drehen.

In jeder Nacht am Himmelszelt

wird ohne Geld die Welt erhellt.

Lauschet nun den Himmelschören:

„Bälle darf man nicht zerstören…!"

-

Sie sind ja nicht umsonst so groß -

d'rum nutzt den Schluss als Denkanstoß…!